MON PULL

POUR MARIN

ISBN 978-2-211-09320-0
Première édition dans la collection *lutin poche* : octobre 2008
© 2006, l'école des loisirs, Paris
Loi numéro 49 956 du 16 juillet 1949 sur les publications
destinées à la jeunesse : mars 2006
Dépôt légal : novembre 2017
Imprimé en France par Pollina à Luçon - 82919

Audrey Poussier

MON PULL

les lutins de l'école des loisirs
11, rue de Sèvres, Paris 6e

JE VEUX PAS METTRE CE PULL !
IL EST TROP PETIT,
IL EST MOCHE
ET EN PLUS IL GRATTE !

IL EST BEAU TON PULL,
JE PEUX L'ESSAYER ?

HO, LA JOLIE ROBE !
JE VEUX LA MÊME !

IL EST MIGNON TON PETIT HAUT,
EXACTEMENT CE QU'IL ME FAUT !

OH ! UN CHAPEAU !

PFFFFF!

T'AS MIS TA CULOTTE SUR TA TÊTE ?

HA HA HA!

TON SHORT, IL EST TROP GRAND !
ON PEUT SE METTRE À TROIS DEDANS !

C'EST QUOI ?
UN DÉGUISEMENT ?

ÇA SUFFIT !

C'EST **MON** PULL !